여수 麗水

황금알 시인선 55

여수 麗水

초판인쇄일 | 2012년 6월 18일
초판발행일 | 2012년 6월 30일

지은이 | 오시영
펴낸곳 | 도서출판 황금알
펴낸이 | 金永馥
선정위원 | 마종기 · 유안진 · 이수익 · 문인수
주 간 | 김영탁
편집실장 | 조경숙
표지디자인 | 칼라박스
주 소 | 110-510 서울시 종로구 동숭동 201-14 청기와빌라2차 104호
물류센타(직송 · 반품) | 100-272 서울시 중구 필동2가 124-6 1F
전 화 | 02)2275-9171
팩 스 | 02)2275-9172
이메일 | tibet21@hanmail.net
홈페이지 | http://goldegg21.com
출판등록 | 2003년 03월 26일(제300-2003-230호)

값 8,000원

ISBN 978-89-97318-16-2-03810

여수 麗水

오시영 시집

황금알

여태 내가 한 일은
길을 걷는 것이었다
앞으로 할 일도
길을 걷는 일뿐이다

걷고 있는 동안
길은 끝이 없었다
길이 나였고
내가 길이었다

한 번쯤 푹 쉬고 싶었다
그 쉼터가 바로 여기였다

차 례

1부

2부

3부

4부

5부

1부

오동도 梧桐島

저 섬에 가야 한다
제 몸에 동백 피워
스스로 사랑이 된 섬
그대를 누구보다 사랑한다는
꽃말의 속삭임 들어야 한다

제 속에 시누대 키워
스스로 정절해지는 섬에 가
그대의 심장에 박히고 싶다는
대쪽 같은 고백을 해야 한다

폭풍우 몰아쳐도 가야 한다
저 다리를 건너야 한다
등댓불 꺼지기 전
동백꽃 뚝뚝 지기 전
시누대 구슬피 울기 전에

저 섬에 가야 한다
너와 나의 섬, 너도나도
오동도 동백꽃이 되어야 한다

향일암 向日庵

모두 신발을 벗어야 한다

한반도 끝자락에 왔으니
경건히 새벽을 맞이해야지
두 손 모아 합장해야지

여기는 경계의 땅
모두 내려야 하는 종착지
여행의 끝자락이다
더불어 사는 것
그것만이 허용된 땅

남쪽 바다에서 뜨는 해
한 아름 맞이하는 신비로운 곳
소원과 소원이 모여
첫 소원이 되는 아버지 어깨

소나무 한 그루
언제부터 있었던가

진남관*鎭南館

비바람 몰아치는 날이면
순신의 호령 소리 들려온다
왜군을 무찔러라, 적장의 목을 베어라
조상의 땅, 백성의 땅 조선을 지켜야 한다
불화살 날고 북소리 울려 퍼진다

삼도수군통제사의 피가 어려
예순여덟 굵은 기둥
5백 년 사직을 받친 기와지붕
막중하고 위용 높다

저 멀리 밀려오는 여수 앞바다 푸른 파도
이 충무공 마지막 운명 울려 퍼진다
"나의 죽음을 적에게 알리지 말라!"
충의로 세워진 터 진남관, 말을 삼킨다

들리오이니까, 전라좌수 영감
백성의 충성을 아시오니이까

* 국보 304호

종고산鐘鼓山

멀리서 보아야 제대로 보이는 산
위난지국의 아픔을
먼저 알아 저절로 우는 산
댕, 대앵, 대애앵

자는 자여, 깨어나라
내 스스로 종이나니
여수의 어머니이니
심장으로 품으리라

뱃길로 오라
찻길로 오라
내 길로 오라

가까이 보아야 잘 보이는 산
눈으로 들리고
귀로 보이는 산
스스로 울리는
살아 있는 산, 종고산

돌산대교

섬의 노래는 물 위를 걷는 것
육지와 악수하는 것
그 꿈 이루어지던 날
삶과 죽음이 하나였다

나폴리보다 더 아름다운
여수항 너머
오색찬란한 희망의 다리
사랑의 다리
불가능을 잇는 소통의 다리
화합의 다리

이제 이어졌으니
마음만 열면 되지
손만 내밀면 되지
어머니가 건너고 아이가 건너고
그리고 내가 건너는 세월

만성리 해수욕장

검정 모래사장에서
모두 벗어도 좋다
태양이 심장으로 호흡하는
파도가 가슴 풀어 노래하는 곳

젊음이, 진실만이 사랑받는 곳
걸어 보자, 뛰어 보자
헤엄쳐 보자
모두 살아 있다
게 한 마리조차도

낡은 폐선조차
생명으로 태어나는 곳
검정 모래, 태양의 흑점
황홀이 접신하는 곳
겨울에 여름을 만나는 곳

낯선 타인에게조차
아련한 사랑정원이
만 리길, 꽃이 피는 곳

장군도 將軍島

여수항에서 내려다보면 남해 바다 입구에
어머니 젖가슴 같은 작은 섬 하나
좌우로 쪼개진 바다를 거느리고 홀로 서 있다

뱃길로 오면 모두 스쳐 지나가야 하는 섬
어떻게 해야 저 섬에 갈 수 있을까
시간 여행자의 그리움을 자아내는 섬

전설 속 세 마리 용이 서로 삼키고자 싸웠다는
몽환의 섬, 여수의 여의주
이량 장군*의 충절이 어려
아무도 넘볼 수 없는
순결의 섬, 슬픈 이별이 치유되는 섬

그곳에 가면 여태까지 만나지 못했던
그녀의 젖꼭지 같은 햇살을 만날 수 있다

* 연산군(1497년) 시대 전라수군절도사로서 왜구의 침입을 막기 위해
  장군도에 수중성을 쌓았고, 지금도 그 수중성이 남아 있다.

예암산隸巖山*

생명 뿌리 아담의 땅이다
적색토 심장 붉은
동백나무 함께 불타는 산
피눈물을 아는 산이다

여수시 중심가 모든 땅
붉은 살점 뿌려지지 않은 곳 없다
제 몸 쪼개 바다를 메운 산
땅끝이었기에 땅끝이기를 거부한
처연한 손끝 마주 잡은 산
아주 적은 제 손짓으로 바다를 삼킨 산
죽어서 산 성자聖者의 산

내 소년 시절 시심을 길러 준 땅
예암隸巖을 예암藝巖이라 시를 썼던 산
끝없이 펼쳐질 망망대해 바라보도록
제 허리 내줘 나를 키운 예암산에는
잊혀지지 않은 그 소녀가 지금도 있다

* 여수시 남산동에 있는 높이 96미터의 쇠북 모양의 산. 1960년대 예암산
  일부 흙으로 여수 시내 중심부를 매립하였다.

돌산 갓김치

바위섬 돌산에서
푸른 생명으로
피는 꽃을 보았는가

모질게 살아온 아낙네의
거칠어진 거북손등에 적힌
세월 이야기 들은 적 있는가

씹히고 삭혀질수록
코끝을 톡 쏘며
누구라도 눈물 한 방울
핑 돌게 하는
애틋한 어머니 사랑
돌산 갓김치

서대회

날렵하다, 뭉클하다

죽어서조차
튼실한 속살 내주는
그대는 슈바이처인가

날숨처럼 잘리고 들숨처럼 베어져
비로소 살아나는
붉은 초고추장, 푸른 미나리
바다와 땅과 사람의 영혼이 교접한다

색과 빛과 맛과 향과 소리가 신내림한다
모두가 죽어도 좋다
바람을 맛보는 순간

여수항 먹자거리에서만 맛볼 수 있는
바다 맛, 사람 맛, 사는 맛

명식이 큰엄마

작은 키가 더 작아 보이게
하늘 높아 보이면 영락없이
명식이네 감나무에는
밤새 세었을 별보다 많은
단감이 주렁주렁 열렸다
명식이 큰엄마
하루도 거름 없이
까치밥 하나 남을 때까지
귀여운 새끼 세 끼를
긴 막대로 따
치마로 훔쳐 씻곤 했었다
아들 못 낳은 죄로
시앗 들인 남편에게
원망 한마디 못 한 채
매일 밤 시앗 새끼 명식이만
서방 대신 껴안고 잠이 들었지

늘그막에 중풍 든 명식이 아빠
삼 년 병수발하다 젊은 시앗

패물 보따리 챙겨 야반도주한 뒤에야
비로소 독차지한 남편 뒷수발하다
남편 가자 감나무 아래에서
명식이 붙들고 대성통곡했었지

지금은 하늘나라에서
뒤뜰 열린 감보다
더 많은 사랑 받고 있을까

술만 취하면
내 어깨가 왜 이리 무겁냐며
신세 한탄 늘어놓던
내 친구 명식이는
그러나, 평생 효자였었다

초도 할매

느지막이 본 외아들
고기잡이 내보낸 지 수삼 년
홀며느리 안쓰러워
아들 친구 홀아비에게 시집보낸
초도 할매 세든 건넌방에는
밥상 위 놋쇠 밥그릇에
언제나 쌀알 가득 마른밥 담겨 있었다

착한 며느리 덕에 얻은 새 아들
배품삯 나눠 갖는 날이면
한 꾸러미 바다메기 처마 끝 매달려
돌아오지 않는 외아들
수염턱을 하곤 했었다

오 척 단신 야윈 몸매
어디에 그런 억척 숨어 있는지
흥얼흥얼 콧노래에
또닥또닥 도마질하던 날이면
주인집 아들도

동갑내기 손녀딸도 포식하였다

큰바람 폭우 쏟던 그 어느 날
할매요, 할매요
맹님이네 새 아부지 죽어 부러따요
태풍으로 새 아들마저
돌아오지 못하게 되자
이놈의 빌어묵을 세상
차라리 날 잡아가지
울부짖던 초도 할매 눈물은
맹님이의 말똥말똥한 눈망울에
비치는 세상이었다

아무도 누가 먼저 갈지 모르는 하늘
맹님이 엄마는 세 번째 시집을 갔다

맘보누나

하늘빛보다 맑은 바다 한려수도 첫 점 여수항에는 청량리 588이나 서울역 앞 양동보다 더 많은 밤꽃이 피던 예쁜 동네 하나 있었다 지금은 사라진 병모가지, 달포 넘게 원양 어선 타다가 폭풍우에 저당 잡혔던 목숨들 찾아와 첫 번째 하는 일이 바다에서 고래 잡던 솜씨로 가슴에 품을 님 잡으려 그물 치는 일, 요따만한 물고기가 그물에서 퍼덕이듯 사내 가슴에서 퍼덕이는 밤꽃 열매 맺는 일이었으니

구릿빛 우악스러운 바다 사내들도 제정신으로야 차마 못 할 일, 맑은 소주잔에 얼굴 붉히는 하룻밤 임금 잔치는 언제나 주홍등불 아래에서 열리게 마련 그 전설 속 여주인공이 바로 맘보누나였지 태평양 폭풍우조차 무너뜨리지 못한 불굴의 사내들 모두 치마폭에 무릎 꿇게 한 맘보누나는 진정 태산이었지

지금쯤 여든이 다 되어 갈, 열여덟 어린 나이에 병 속에 빠져 서른이 되도록 병모가지를 벗어나지 못한 세월 저편의 맘보누나는 밤새 발가벗었던 몸 뭐 감출 게 있느

냐며 온몸 다 드러나도록 착 달라붙는 맘보바지 즐겨 입었드랬었는데 밤꽃 생활 열두 해 동안 단물 빨아 먹은 일벌들 좋이 칠천은 될 거라며 만 명은 채울 거라며 밤꽃살이 십오 년 계획 거창하던 맘보누나, 술 취하면 즐겨 부르던 울 밑에 선 봉선화는 왜 그리 구성졌던지

까까머리, 단발머리 동네 아그들 학교종이 땡땡땡 석양 노을빛 따라 책보따리 어깨춤 걸쳐 매고 깜장 고무신 벗겨지도록 신 나게 달음박질칠 때면 일일이 불러 알사탕 하나씩 쥐어주던 맘보누나는 동네 아그들 앞에서는 백설공주였었지 탈도 많은 요놈의 세상 수십 년이 지났는데도 지금도 어딘가에서 또 다른 맘보누나가 만 명을 채우겠다며 지상낙원을 꿈꾸는 건 아닌지 맘보누나를 스쳐 지나간 그 많은 남정네들 어디서 어떻게 늙어가고 있을까 지금쯤 할아버지 되었을 그네들 맘보누나를 기억이나 하려나

어디를 둘러봐도 이제 맘보누나는 없고 스쳐 지나간 만 명의 남정네도 없네 무심한 세월은 세상 이편에 맘보

누나의 멋진 엉덩이 대신 미스 김의 껌 씹는 소리만 남
겨 놓았지 왕사탕 하나에 세상 다 얻은 듯 좋아하던 그
아이들만 남은 세상 그 친구들도 나처럼 그때 그 맘보누
나 잊지 않고 있을까 꿀맛 같던 알사탕 단맛을

여수麗水*

나그네의 발걸음은 여전히 가을이다 한반도 땅끝마을
여수는 여행자의 황홀이 숨 쉬는 도시, 토박이의 속정이
우러나는 도시 바다의 시작이라 하지 마라 우수아이아*
에서 출발한 태평양 파도의 끝마을 이다 마지막 땅에서
는 절망이 없다 절망은 과정에서의 사치일 뿐 끝과 끝이
만나면 봄으로 피어난다 이제는 살 일만 남았다

오동도, 종고산, 진남관, 향일암, 돌산대교, 한려수도
뱃길, 다도해 섬, 섬, 섬 돌산 갓김치, 서대회, 장어탕에
눈이 즐겁고 혀가 감미로운 도시, 심장이 뛰는 도시, 정
이 넘쳐나는 도시, 마지막 열차가 머무는 도시

나그네의 발걸음은 언제나 가을이다 인생 여수旅愁의
참맛을 아는 곳 아이의 웃음소리 깔깔거리는 곳 여수는
언제나 바다를 품는다 사람을 품는다 하늘을 품는다 몽
환의 도시 여수는 오직 하나, 사랑뿐이다

* Ushuaia는 아르헨티나 남단 Tierra del Fuego의 작은 항구 도시로 남미
  대륙의 끝이다.
* 여수는 세계 3대 행사의 하나인 '2012 세계박람회' 개최 도시, 세계의
  도시이다.

2부

돛단배

세상이 무어라 해도
나는 나의 눈을 가질 거야

내게 소리로 오는
향기로 오는

너를 제대로 알아보는
나만의 눈을

연

뼈마디가 앙상하다
보이지 않는 손에
너무 맞았나 보다

맞아야 산다는 건
참으로 슬픈 일
그래도 거부하는 몸짓을
알아주는 이 있지

바로, 하늘

너, 겁도 없는 놈

새의 고향

이, 하늘인 줄
알았다

알고 보니
땅

내가 새였다
날지 못하는

누드모델

나는 원래 누드모델이었다

불알 두 쪽 내놓고
세상 향해 오줌 갈겨도
모두들 예뻐하던
태생적
누드모델

벌거벗은 게 나쁜가

누드화가인 너
옷 벗은 나를
있는 그대로 그려 봐
뚫어지게 쳐다보는 너를
일곱 번까지는 용서하마

싫으면
내가
너를 그려 줄까

풍선껌

바람으로 몸을 키우는 건
본능이 아니다

씹힐 만큼 씹힌
형체 없는 욕망을 들이키는 건
위험한 계약

아이를 잉태한 적이 있다
부풀린 삶이 저절로 마비되어
감각을 상실한다

나에게는 이제
단물이 없다

저 새처럼

하루 기껏 힘들었다고
새처럼 하늘을 훨훨 날고 싶다고
함부로 투정부리지 마라
저 새,
얼마나 온 힘으로 날갯짓하는지
제대로 알지도 못하면서

단단한 땅, 두 발 딛고 사는 게
얼마나 행복한 비행飛行인지
알면 차마 그 말 못 하지

죽을 때 비로소 한 번
처음이자 마지막으로
추락하는 저 새가
제대로 된 꿈자리 밟으려
얼마나 힘겹게 파닥거리는지
그 누가 알까

그냥
숨 고르기

닭의 설법

어느 날 닭에게 물었다

닭이 먼저인가
달걀이 먼저인가

닭이 눈 한 번 껌벅
꼬끼오 운다

그냥 살란다

재떨이

빌어먹을,
하루 이틀도 아니고
매일같이
화염지옥에서 살다니
무슨 놈의 팔자가 이리도 더럽냐

좋은 맛은 네가 다 보고
내게는 왜
세상 때만 남겨 주는 거야

버리는 것도 좋다
제발 불만은 꺼다오
세상에 어찌
매워서 살겠냐

그래도 한때
나도 깨끗했단 말이다

뱀과 자전거

비틀거리면서도
멈출 수 없는 자갈길 위의 자전거
녹슨 페달 위의 남자는
언제나 중얼중얼
지구가 네모 반듯하다면
네모 반듯하다면

갈라진 뱀의 혀끝에서
길의 시작과 끝이 상피 한다
체인은 오직
뒷바퀴만을 돌릴 뿐

직선으로 길이 곧다

마침표

입체의 삶 한켠에서
점 찍어야 할 일 간혹 있다

하고픈 말 참을 때
말이 되는

차마 못 할 말 하고서도
또 다른 시작이 되는

사실은 아무것도
마쳐지지 않는
외로운 섬이 되는

점 하나로 전부인
점

인ㅅ

지게라는 것을
꽃이 모르고
벌이 모르고
지고 있는 나조차 모르고
산과 강이 모두 들판이다

이상도 하지
어느 날 문득
낯선 타인에게 걸려
빈 지게 넘어지다니

바지랑대가 필요해

잠정적 추락

고층 아파트 주변에는 뿌리 깊은 나무가 없다
스스로 키가 커 버린 아파트
저 홀로 날줄과 씨줄이 숨 가쁘다
터 잡고 살아온
작은 새들의 호흡이 가파르게 비상한다
키 큰 나무는 등을 돌리고 서 있다
작은 풀잎이 떡잎을 감추었다
그늘이 먼저다
고층 아파트 단지에서
함께 자라지 못하는 나무는
먼 산 소나무숲을 걷는다
제 발톱을 지니지 못한 아기나무는
변두리에서 하꼬방을 허문다

강남의 햇살은 뜨겁다
공해 숲을 스스로 이룬 고층 아파트 사이
햇빛이 블랙홀에 빨려들고 있다
밝은 어둠이 서쪽에서 시작되고 있다

춘궁기

발바닥이 아프다
철쭉 피는 춘사월
지독한 몽환의 송곳이
지구와 우주 사이를 비행한다

빈 물병을 마시다

바다 한가운데
빈 물병 하나 떠 있다
물을 마셔야 한다
소금 절인 고래의 소원이다

물을 마실 이유는 충분하다
아무도 들어주지 않는

빈 물병이라도 마셔야 한다
뼈 사이에서 흘러나오는
기타음 하나

목이 탄다
바다로 가는 강 부지런하고
여전히 육지는 멀다

공간의 유혹

낯선 땅은 언제나 비어 있다
질주하는 고속도로 옆 차선에도
골목길 개구쟁이들의 고함 소리에도
빈 의자에 앉고 싶은 욕망 사이로
금고 열쇠 구멍으로 보이는 바깥세상
윙윙 모기가 날고 있다

먼저 무릎 꿇은 자가
방석 위에 앉는다
공간의 유혹이 달콤하다

마지막 한 숟가락의 밥

비행 착각

마하mach의 초음속 세계에서
베테랑 조종사에게
하늘과 바다는
하나일 뿐이다

바닷속으로 솟구친다
하늘로 처박힌다

지하로 난 계단을 오르는
요란한 발걸음 소리가
환청으로 들려오는 들판
결코 자유일 수 없는
착시 현상

안경사세요, 안경사세요

새벽달

이 길고 긴 밤의 시간 동안
바둑판에 검은 돌 하나 놓습니다
당신이 놓을 하얀 돌 하나
숨죽이며 기다리는 겁쟁이 아해는
그대의 그 빛 속에
그대의 그 품속에
숨어 버리고픈 새벽달입니다
그래, 해는 뜨는 겁니까

워킹 스트리트*

어둠이 제 빛을 잃은 세상
짐승들에게만 잠을 자라는 것은
세상모르고 하는 소리
팔 것이 하나밖에 없는 상인들에게도
판은 필요하다

유령이 묻는다
여기가 에덴인가요
사람이 천국을 만들다니
참 신기하네요
사람과 뱀과 악어가 뒤엉킨다

언제나 새벽에 해가 지는 곳
의자가 없다
저 행렬의 끝에서
파랑새 한 마리
굶어 죽어 가고 있다

* 태국 파타야 환락의 거리, 새벽까지 불야성이다.

의자

네발 달린 짐승인데
땅으로부터 멀다

기어오르는 개미들만
바닥에서 부지런할 뿐
책상 위 공간 사이로
피리 소리 유유하다

고흐의 해바라기가 춤을 추는
의자는 앉는 곳이 아니라
절하는 곳

차가운 의자 바닥에서
가시꽃 한 송이 피어난다

3부

고름

더럽다고 고개 돌리지 마라

널 살리기 위해
상처가
흘리는 눈물인 것을
몰랐더냐

살리기 위해 죽는
네 몸 안의 예수인 것을

기도

어머니는 어릴 적
제 발을 자주 씻겨 주셨지요
이 발로는 나쁜 곳 가지 말아야지
간구하던 머리맡 새벽기도는
차마 눈뜨지 못하던 사랑이었지요

이제는 제 발을 스스로 씻습니다
오랫동안 어머니의 꽃이었던 발
그 발이 모진 바람 숲을
무던히 헤쳐 왔음을
두 손 모으며 깨닫습니다

하루하루 여백길 걷고 나서
까칠하게 굳어 가는 발뒤꿈치가
꿈틀거립니다

이제는 제가 제 아들의 발을 씻으며
기도해야 할까 봅니다

이 발로는 나쁜 곳 가지 않게 해 주소서

절규

일곱 겨울 어둠 속에서
일곱 번 해를 보려 살았다

매미처럼
평생을 온몸으로
울어 본 적 없으면
오늘 하루
미안해하자

한 생애 전부를
온몸으로 우셨던 어머니
절창으로 노래하는
더위가 간다

달팽이의 꿈

달팽이의 소원은 집이 없는 것

제 몸보다 먼저 커 버린
아기 인형, 책가방, 울다가 웃는 아이
예수도 싫어한 십자가

깔딱고개 넘어 숨이 목에 찰 때쯤
불 꺼진 방 하나 있다
지하 주차장 입구에서 만난
그리고 또 헤어진

지하 1층 주차장 만원
지하 2층 주차장도 만원
지하 3층 주차장에서 간신히

진짜 달팽이가 되었다
다 이루었다, 그 슬픔을

사해 死海

누가 이 바다를
죽음의 바다라 하였던가

절망의 땅에서 버림받은 자
추락하며 날개를 잃어도
마지막까지 안아 지켜 주던
'그 누구'를 그대는 아는가

죽음의 세상, 물에 빠진 영혼들
다 죽어나가는데
모른 척 버리지 않는다
마지막까지 품는다
아무도 가라앉지 않는다

구원자가 저기 있다
세상의 소금이 되려면
이 정도 짜야 한다고

사해는 생명의 바다

아무도 빠져 죽지 않는다
지구에서 가장 낮은 땅이다

저 멀리 예수
아주 저 멀리 예수

정오의 빛

동자승이 부처님 귀에 대고 물었다
부처님은 왜 항시 웃으세요?

부처님이 대답했다

이놈아
네가 내 귀를
간지럽히니 웃지

거꾸로 도는 풍차

풍차 앞에서 바람이 멈추어 섰다
주변의 적막 사이로
개미들이 순서 없이 낙하 중이다
고요가 폭풍보다 더 요란하다

풍차가 돈키호테를 쫓는다
돈키호테가 산초 판사의 등에 칼을 겨눈다
달아난 산초 판사는 이미 어제를 생포하였다
붙잡힌 어제가 풍차를 거꾸로 돌린다
썩을 놈들이 넘쳐나는 세상
어린아이의 바람개비마저 거꾸로 돈다

주변인들이 자꾸 늘어난다
여의도가 다시 섬이 되었다
타인들조차 말뚝이 되어 가고 있다

풍차가 거꾸로 돌면
어머니는 소리 없이 운다
문풍지 떨리는 소리는 풍차 소리보다 크다
저만큼 낙타가 한 마리 걸어가고 있다

소신공양

살코기 속의 피를 뽑는다
그건 성인聖人의 헌신
마알간 물로 속살을 우리며
제 몸 내놓는다

아버지 땀만큼의 진간장
거기에다 밭지 말라며
어머니 눈물만큼의 물을 부어
강장에 좋으라고
마늘도 다져 넣고
질투처럼 톡 쏘는 생강 뿌리로
향내까지 더한다

펄펄 뜨거운 불로
온몸을 익히는 연옥을 앓으며
약한 불로 뜸을 들이며
더 견딜 수 있는 여유를 살면

이젠 살 속 깊이 배어든 향내음

맛깔스러워
뼛속 깊이 파고드는 그리움처럼
변함없어

식더라도 그 맛은
언제나 은은 짭쪼롬한 장조림의 맛
오래 두어도 썩지 않는
검붉은 사리로 남는다

하루 웃고 살기가

두 손 스스로 자른 채
병든 이와 고통을 함께해 온
당신,* 그대의 천 년 미소로도
세상은, 아직, 아파합니다

하루만 더, 그대가
그 미소 그대로 지어 준다면
병든, 이 아이의 어머니
눈물이, 꽃향기 되겠지요

합장

* 국보 제28호, 금동약사여래입상

세포에게 감사하기

매일 아침 눈을 뜨면서 "세포야, 고마워"라고 감사하는 사람이 있다 매일 저녁 잠자리에 들면서 "세포야, 고마워"라고 기도하는 사람이 있다 하루가 매우 힘들었던 날이면 "오늘 하루 내가 너를 너무 혹사시켜서 정말 미안하다" 사과하는 사람이 있다 자신의 소중함을 아는 이다 만나는 사람마다 "나마스떼"라고 인사하는 사람이 있다 당신에게 깃들어 있는 신께 문안드리며 상대방의 소중함을 아는 까닭이다 많은 사람은 자신의 그림자와 싸우며 살아간다 잡히지 않는 신기루와의 싸움에서 이기려고 자신을 혹사한다 자신의 몸에 대해 무심하다 수십만 개의 세포가 하나의 유기체가 되어 생명을 이어 가는 신비를 외면한다 바닷가 모래 알갱이조차 태초에는 태산의 일부였을 게다 조화로움이 우주의 신비 세상에는 감사할 일이 참으로 많다 길을 걷고 있는 동안은 특히 그렇다 아주 작은 것에 감동하는 사람은 그래서 아름답다 새벽에 눈을 떠 마음속으로부터, "세포야, 고마워"라고 한번 속삭여 보자 어쩌면 나를 위해 기도하는 고마운 이들의 음성이 들려올지도 모른다

아들

날 닮은 놈이 밤을 새운다
그놈을 남자라고 인정하기로 했다

나무가 하는 말을
알아듣기 시작한 이후
나는 이제 해 줄 것이 없다
간혹 그놈의 방문을 열어 보는 일과
말없이 한 번 토닥여 주는 일 말고는

햇빛

언제부터인지 공중전화 박스 옆을 지나칠 때면 호주머니를 뒤지는 습관이 생겼다 그때마다 손에 잡히는 50원짜리 동전이 따스해진다 돈이라고는 한 번도 벌어 본 적 없는 아내가 다른 주민들이 거들떠보지 않는 아파트 꽃밭을 홀로 가꾼 음덕으로 흙에서 캐낸 보물이다 맨땅 판들 어디 돈 나온다더냐 하더니 생길 때도 있네요 평생 처음 번 거니 당신 줄게요 웃으며 건네주던 아내의 모습이 떠오른다 금방이라도 전화를 걸어 영혼의 빛을, 호흡을 느끼고 싶어진다 그러나 50원어치 그대로의 헐값으로 써버리기에는 너무 아까워 공중전화기 옆을 몇 번이고 지나고 말았다 공중전화 한 통화 하는 것이 아내의 전재산을 써야 하는 사랑일 줄이야 어쩌면 나 자신 흙으로 돌아가는 날까지 50원어치의 사랑을 복리로 부풀리면서 지킴돈으로 꼬옥 쥐고 있을지도 모르겠다 동전에서 벼이삭 한 알 토옥 터지며 햇살 가득하다 오십 원…

나의 길

최근 십오 년 중 오늘이 가장 가벼운 하루이다 그 세월
열심히 살면 어깨가 가벼워질 줄 믿었다 하지만 고비마
다 자꾸만 무거워진다 이제는 더 이상 열심히 살지 않
기, 게으르게 살기로 했다 아내의 사랑은 나를 허기지게
하는 것 식탁에서 일어서게 하는 것 아내는 점점 어머니
를 닮아 간다 돋보기 너머로 나를 바라보는 눈빛이 세상
의 무게를 녹인다 주름살이 깊어지는 건 세월이 그 위를
계속 걷기 때문이다 길은 저절로 제 길을 만든다 팔십을
사는 게 당연한 세상 공자도 경망스러운 불혹이 넘쳐나
는 이 세상 미처 몰랐을 게다 지천명 훨씬 지난 나도 여
전히 미혹인 걸 나의 살점 무거웠으니 내가 짐이었고 내
가 짐꾼이었다 놓아버렸다 기름진 음식을 놓았고 나를
채찍질하던 열심을 놓아 버렸다 나에게서 떨어져 나간
세포들에게 지금 묵념 중이다 가난이 풍요임을 풍요가
해악임을 이제 겨우 알다니 살진 내 몸의 일 할을 애써
우주로 헌납한 오늘, 어머니의 정신이 내 앞에 펼쳐진다
열한 번째 계명 식탐을 버리고 욕심을 버리기로 했다 최
근 십오 년 중 오늘 내 몸은 가장 가볍다

무료 변론

아들의 배꼽이 흔들린다
세상은 모든 생명의 자치 독립 국가
타율이 허용되지 않는 눈먼 자율의 도시
깃발을 꽂는 자는 바람의 입을 틀어막는다

붉은 신호등 위 면허증을 상실한 차량이 질주한다
깨진 유리 파편도 몸을 비튼다
방향이 동서를 잃은 지 오래
아무도 산 채로는 하늘을 건널 수 없다

철조망 너머 사나이는 여자를 보아도 몸이 차갑다
금지된 허기가 어둠에 집 짓는 사이
끊긴 선을 다시 잇는 건 어머니의 몫
밤새 촛불을 바친 무릎
닳고 닳아 옛길을 찾아간다
날 선 칼에 수없이 절단되어도
포근한 어머니 눈물
흔들리지 않는 손이 탑이 된다
아들은 언제나 죄가 없다
어머니의 그늘은 여전히 따뜻하다

곶감과 무인감시카메라

머리털 꺼먼 즘성보다 무서븐 즘성 엄써
사람보다 징한 즘성 없지 하시며
무서운 게 사람이라던 어머니
하루라도 살아 돌아오시면
그 무릎에 앉아 응석 부리며
이르고 싶은 게 있다

머리털 시꺼먼 놈덜 꼼짝 못하게 하는
더 무서븐 놈 하나 있는디요
그놈이 머시다냐 하시며
귀 쫑긋 세우실 어머니 귀에 대고
무인감시카메라라는 건디요
힘쎈 놈이고 없는 놈이고 간에 헛심 쓰다가
그놈 앞에만 가면 그냥 벌벌 기어 뿐당께요
이렇게 말씀드리고 싶다

그놈이 시방 호랭이보다 더 무섭단 말이여?
화들짝 놀라 되묻는 어머니께
그럼요, 약한 사람 괴롭히며

거들먹거리던 힘쎈 놈들
그놈 앞에 가면 다 쪼그라든당께요
유식한 말로다가 사생활이 발가벗겨져 뿌러요
벗은 거 보면 불알도 축 처지고
젖퉁도 축 처지고 볼품 엄써라 말씀드리며
낄낄거리고 싶다

호랑이도 무서워하지 않으시던 어머니
곶감 파셨던 내 어머니
세상 모든 게
무인감시카메라라는 사실을 아시면
사람이 제일 무서운 짐승이라던
내 어머니 뭐라실까
호랑이는 곶감으로나마 잠재우겠지만
무얼 던져 줘야 하나
항시 배고픈 무인감시카메라에겐

빛살줍기

아내는 내 손톱의 오랜 주인이다 어느 날부터 손톱을 깎아 주기 시작했다 한시도 나를 잊지 않는 그녀는 마음이 쪽빛이다 깎다가 튀어 나간 손톱의 숨바꼭질이야 늘상 있는 일, 그 빛살 한 쪼가리마저 잃지 않으려 돋보기를 돋구는 아내에겐 작은 소원이 하나 있다 내 손톱들로 다보탑을 쌓는 일이다 아무래도 내가 먼저 별이 될 모양이다 그만 버리라고 사정해도 막무가내 아내에게 있어 모으는 것은 세우는 것이고 세우는 것은 바치는 것이다 문고리가 없는 하루하루는 손을 내밀어 여닫을 수 없다 며칠이면 어김없이 자라는 손톱, 사랑의 열쇠는 언젠가 하늘로 날아오른 빛살 한 줌이라는 것을 아는 사람이 있다 초사흘 밤하늘 올려다보며 "당신, 저기 떠 있네!" 감탄하는 내 아내

붕어와 빵

한 번도 입을 뻥긋거려 본 적이 없다는
꽉 찬 내장이 더 맛있다는
붕어를 본 적은 없지만
겨울 칼바람 부는 길가에서 간혹
열심히 붕어를 낳는
아주머니를 본 적은 있다

낳고 또 낳아도 새끼를 치지 못한다는
제가 살아온 어항 속보다는
더 잘 들여다보이는 시꺼면 강물 사이로
잊혀진 그 누구를 찾은 적 있다

그 어딘가로 빨려 들어갈 수밖에 없다는
꼬리지느러미에 사람의 명줄이 달려 있다는
아가미 어디쯤에 어머니 눈물이 말라 있다는
앗, 뜨거워 고함쳐야만
무간지옥 철갑옷 속에서 비로소 태어난다는

아이에게 회초리를 들 때 익혀진다는
사랑 한 톨 그 뜨거운 탄생

바다의 춤

　우리 교회 홍洪 권사님은 미수米壽의 천사님이다 주일 낮 예배 후 교회 식당에서 국수 드시면서 지천명의 내게 백 원 동전 두 개 건네시는 게 유일한 낙이시다 지난주에는 두 주를 못 보았다며 육백 원을 내 손에 쥐여 주신다 두 주 동안 쥐고 계셨던 동전이 따스하다 못 본 두 주 몫에 이번 주 몫까지 덤으로 주시는 게다 자판기 커피 값이다 어쩌다 만 원짜리 지폐 한 장 꼬깃꼬깃 접어 손사래 치시는 권사님 호주머니에 넣어 드리는 것뿐인 내게 권사님은 매주 저러신다 한 주 내내 날 기다렸는데 두 주나 못 보아 많이 서운하셨다며 저렇게 막무가내시다 몇 번을 사양하다 더 이상 거절했다가는 하늘나라에 계신, 살아 계셨으면 백수白壽이신 어머니께서 꾸중하실까 봐 받을 수밖에 없다 내가 하는 것이라고는 고작해야 예배당 뜰에서 주름진 권사님 손 한번 따뜻하게 잡아 드리는 것, 자그마한 체구의 권사님 안아 등 한번 토닥거려 드리는 것이 전부인데도 권사님은 부족한 용돈으로 내게 하늘정원을 선사하시는 게다 멀리서 나만 보면 "아이! 우리 오 박사님" 하고 달려와 손부터 잡으시며 수줍어 어쩔 줄 모르시는 소녀 닮은 노老권사님 앞에서 나 또

한 어린 소년이 되고 만다 외아들이 미국에 산다는 권사
님에게 나는 꽃밭이 되고 권사님은 그 꽃밭에서 춤추는
나비가 된다 하늘나라에 계신 내 어머니는 얼마나 내가
보고 싶으실까

4부

다초점렌즈

열아홉 살부터 써 온 안경을 다초점렌즈로 바꾸었다 지천명을 지나 몇 해 만이다 수십 년 동안 하나의 초점으로 바라본 세상은 언제나 하나였다 직선이었다 잔물결은 노래였다 아프지 않았다 둑을 넘지도 않았다 다초점렌즈 속으로 들어오는 소리는 제각각이다 한쪽이 투명해지면 다른 쪽이 뿌옇다 언제나 겨울 속 아지랑이다 보이는 것마다 자기의 방을 가지고 있다 고독은 창문 너머를 알지 못한다 생각을 펴든다 코끝 저 멀리 지평선이 그늘로 얼룩진다 모든 길이 천 갈래 만 갈래이다 하나도 제대로 보이지 않는데 보이는 게 너무 많다

병목상인

막힌 길 위로 목숨 건 행진이 이어진다 연약한 모서리들이 둥근 세상을 받쳐 든다 빵빵 튀겨진 가난, 부풀릴 대로 부풀려진 넙적빵이 술에 취해 있다 막혀야 살 수 있는 그들이 원하는 건 단 하나 내일을 위한 소통이다 미끈한 차 안에서 일회성 고객이 손짓한다 호명 없는 부름과 대답 없는 달음박질 사이로 어릴 적 꿈이었던 이름 석 자가 사라진다 도시는 차가운 겨울에도 뜨겁다 요즘들어 곳곳에서 병목현상이 부쩍 심하다 저분들한테도 반듯한 이름씨 하나쯤 있어야 하지 않겠나 해묵은 생각이 이 봄에야 싹을 틔운다 병목상인! 그렇다 부지런한 저 의지, 어엿한 상인이다 나 역시 이 세상길 어딘가의 정체 속 병목상인이다 막혀야 사는 그가 원하는 건 오늘 하루 소통이다

* 병목상인: 필자의 신조어新造語. 교통 체증이 심한 도로에서 간단한 군것질거리를 파는 상인

탄자니아

구름은 말을 잃는다
킬리만자로 가라앉은 호수에서
자라다 만 나무가 제 뿌리를 만진다
심장에서 솟아오른 처절한 태양
썩지 않은 검은 빛
맨발의 눈이 큰 아이는
자전거 페달을 밟는다
새벽으로 가는 열차는
이미 끊어졌다

길은 외길, 하늘로 가는 길뿐
그 길은 너무 좁다
짙은 속눈썹의 아이가
길 끝에서 헤엄친다
꽃들이 날아가 별에 안긴다

한 해 이백오십 달러 가난이 전부
삼백예순다섯 날 모두가 배고프다

구름이 비를 잃었다
골목길 모두가 탄자니아
얼굴이 검고 마음은 희다
가난한 탄자니아가 되어서야
간신히 탄자니아를 안다

1퍼센트에게
탄자니아는 여전히 멀다

개미의 성

누굴 위해 쌓을까
성채 무너진 곳에 파편이 널려 있다
탐욕과 공포가 혼재된 피안
꿈속을 헤매는 맹수의 포효가 춤춘다
약아빠진 여우의 어슬렁거림이
이빨 빠진 호랑이의 터벅거림이
무임승차를 갈망한다

피가 말라 타들어 간다
의사의 처방은 이미 늦었다
누구나 다 아는 법칙
조금 늦게 들어가
아주 조금 일찍 빠져나오면 되는
개미의 집에는
남이 쌓아 놓은 독탑毒塔이 있다
꿀벌이, 개미들조차 먹을 수 없는
지수指數의 눈속임이 저울추를 흔든다

너는 자본의 진실을 믿느냐?

동파

　시베리아 대륙 열차가 도착하였다 새벽까지 기다리던 역장이 마지못해 개표를 시작한다 잊혀진 뼈의 길이 녹색 신호등 켜고 문을 연다 저 홀로 설 수 없었던 지구도 키를 세우고 하나일 수 없었던 강조차 서로의 등을 기댄다 얼어붙은 차가움이 소통이다 출렁거리던 강물 위에 승객이 내린다 나비도 내리고 새의 알도 내린다 아무도 물의 깊이를 알지 못한다 시베리아 열차가 사라지기 전 땅 아래 감추어 둔 비밀의 관이 폭로되었다 나비가, 새의 알이 자살 폭탄 테러리스트를 꿈꾼다 세포 파열이 물의 깊이를 재기 시작한다 폭파음은 들리지 않는다 그래도 세상은 시끄럽다

Somebody

나마스떼, 매일 아침 내가 나에게 기도를 한다
나마스떼, 저녁마다 스스로에게 인사를 했다
하루 잘 살아 달라고
오늘 잘 살게 해 줘 고맙다고
간혹가다, 아니 혹간은 자주 반성하면서

수삼 년 벼르던 인도 여행길
이민국 안에서 여권을 분실하다
국제 미아는 누구나 될 수 있는 것
원래부터 우주 속의 미아였음을 깨닫다
고타마 싯다르타의 어느 설법보다
황금사원 경전의 어느 글귀보다
홀로 고독의 모서리를 치다
공항 청사 접수대 낯선 직원은 기계적이다
한국 대사관은 휴일 중이고
심장은 시간 속에서 정지해버렸다

빛은 기다린 끝 무렵
Somebody로 온다

그는 나를 모르고
나도 그를 모르지만
한 시간이나 지난 후
다른 비행기를 타고 온 그가
내 여권 주웠다며 건넨다

곤경 중 구원자는 언제나 Somebody로 온다
이름도 알지 못하는 Somebody로

밀폐된 방

파란 사각 밀림에 불이 켜진다
채널을 돌리는 곳마다
하이에나 눈에 불이 켜지고
드러난 이빨 사이에서
시퍼런 웃음소리가 삐져나온다
의, 식, 주
심지어 사랑까지 줄 것으로 보이지만
손 내밀면
언제나 허공뿐이다
낚싯줄에 매달린 한 마리 붕어 새끼
껌벅이는 두 눈에 막막함이 저며 온다

아침마다 우편함을 살찌우는
화려한 부고장들
삶을 저당 잡히시오
무엇이든 해결해 주겠소
투명하게 속살 내비치는
시린 생선뼈 사이로
소리치는 허파의 숨쉬기가 힘겹다

방문을 잠그고
정글의 시계탑마저 잠든 방
하이에나는
여전히 소리 없는 불빛으로
침대 위를 기어 다닌다
어디에선가 들려오는
감추어진 발톱 자라는 소리
서걱, 서어걱, 서어거억

소

얼룩빼기 몸통은 하나이면서
쇠털은 셀 수가 없어
헤아리다 지치고 말 듯
무거운 수레 끌고 살아온
고달픈 아픔을 그 누가 알랴

하늘 한번 쳐다보고파도
고삐 버거운 머리통에
가을 햇살만으로도
그냥 울어 버릴 것 같은
커다란 눈망울 속 설움을
그 누가 알까

곳곳이 도살장인데
칼날이 번뜩거리는데
그 사이로 꼬리가 하늘 향해 춤춘다
엉덩이에 달라붙은
한 마리 파리를 쫓는다

모가지 잘리는 것보다
더 급한 건
엉덩이의 파리 떼어 내는 것
묵묵히 모진 걸음 걷는 것
풀 한 포기 뜯으며
그냥 눈 한 번 껌벅거리는 것
그리고 음~메 하고
소리 내 우는 것

하얀 공습

경고도 없이
공격이 시작되었다
덮어야 할 것을 양산해 낸
땅 것들의 반란에 대한
진압군의 무차별 진혼곡

아름다운 순백의 천라지망
움직이는 것들 모두가 갇혔다
너와 나 손바닥에서 입김 하나로 녹아질
약하디약한 백색 탄환이
모두의 심장을 관통한다
거리 곳곳에 나부끼는 전사 통지서

버리고, 버리고, 걷고 또 걷는
패잔병들의 검은 발자국이 선명하다
목을 빼고 서 있는 것들 모두
엉금엉금, 엉거주춤, 꽈다당이다

손뼉 치며 웃는 아이

꼬리 치는 강아지를 위해
다음 공격 명령이
떨어지기 전 피해야 한다

더러운 세상 덮어 주려다
끝내 '땟국 흐르는 세상 감출 수 없다'며
여기저기 비상 경고등이 켜진다

균형

예고 없이 정전된 도시 한복판
산들이 들어선다

하늘로 치솟는 터널에 걸린 팻말
'출입 금지'

산을 타는 게 전설이 되어 버렸다
앞다리가 늘어난 비둘기들
놀이터 긴 의자에서 졸고 있다
퇴화한 뒷다리로는
오직 감전사할 때까지 참고 기다리는 것
제 심장에 전극을 꽂은 채
꿈속에서 천국의 문이 열리기를 기도한다

도시의 대형 교회 십자가는
날갯죽지 꺾인 지 오래
천국과 지옥을 수없이 오갔을 텐데도
선지자들의 걸음걸이가
여전히 땅 위에서 휘청거리고 있다

그 모습을 지켜보던
팔순 넘은 할아버지 한 분이
껄껄껄 웃는다
다
그런 것이여

도시의 토끼들은 모두 뒷다리가 짧다

중독

네온이 반짝이는 번화가 바게트에는
열일곱쯤 되는 여자아이가
생글생글 가면을 쓴 채
먹어야 산다는 독약을 판다
가면 속 민낯은 무표정이다

길게 늘어선 행렬
단맛에 혀끝이 마비된 어미는
허겁지겁 만삭의 허기를 채운다
제 새끼에게 달콤한 세뇌 중이다

무게를 아무리 더해도 저울 눈금
날짜 변경선 위에 멈춰서 있다
아무도 그 눈금 너머를 읽을 수 없다
치사량의 남은 무게는 사흘
중독된 초침은 시간을 계산하지 못한다
잊혀진 아비들조차
바게트의 비상구를 새치기하고 있다
오래 살아 스스로

부끄러워지겠다는 욕망뿐이다

고갈된 핏줄에 응고된 기름을 주입한다
바게트의 주인은 언제나 친절하다
중독된 아이들이 개가 되어 간다

바게트 윈도에는
뉴욕, 파리, 런던, 독일, 동경, 이탈리아라는
들으면 알 듯도 싶고 모를 듯도 싶은
풍요로운 이름이 요란하다

개들이 짖는 소리 저편
변두리 한 귀퉁이 어느 빵집에서는
맛없고 텁텁한 보리건빵이
아무도 거들떠보지 않는 채
더욱더 단단하게 굳어 가고 있다

도토리

박테리아를 품고 있다
절망에서 헤어나지 못할지도 모른다
결론은 아직 모른다는 것
때가 눈앞에 다가왔다
비수를 꺼내 든다

우리의 실록은 극심한 갈등이다
나도 단단히 속았다
이편과 저편
산등성이 여전히 굽다
거짓은 언제나 큰 척한다

시만 읽고 가슴 찡했어야 했다
한잔 술에 와르르 무너지는
도토리는 언제나 도토리
도토리는 결코 알밤이 될 수 없다

용미리* 가는 길

용미리 가는 길목에서는 찬바람이 분다 흙을 먹던 흙
이 제집으로 돌아가려는 마지막 비원이 산 자들에 의해
차갑게 거절당한다 활활 타오르는 사람의 집은 너무나
뜨겁다 그곳에서 신은 할 일을 잃는다 몸을 앞당겨 심판
해 버리는 산 자들 때문에 영혼에 대한 심판마저 못 한
채 엉거주춤이다 메마른 집행자들의 눈물로 대지는 항
시 목마르다 흙은 바람 속에서 바람이 된다 집으로 가는
집을 잃어버린 영혼들은 어디쯤에서 쉬어야 하나 심판
받지 않을 방법을 알아 버렸기에 산 자들은 그리도 죄를
많이 짓고 사는가보다 문득 발길을 돌려 뼈를 세우는 뜨
거운 눈물 하나 어디 없을까

* 시립 납골당

얼음 연못 이야기

내가 천 년을 살아봤는데
아무리 추운 겨울일지라도
연못 전체가 어는 날은 없더라

우주가 줄어들면
어우러져 사는 물고기들
속살 비비며 살면 되거든

봄이라는 게 제법 오게 마련이라
길어야 석 달 참으면 되더구만
그래서 앙다물고 참기로 했지

그런데 우리끼리 하는 말이지만
평소엔 힘없지만
얼어붙으면 굉장히 세지잖아
세상을 지고도 거뜬하잖아
추운 게 아주 나쁜 것만은 아냐
얼어붙으면 더 이상
가까울 수 없을 만큼

우리 모두 하나 되니까

그래도 솔직히 말하지만
햇살 따뜻한 봄날이 좋아
새끼 물고기들이 마음 놓고
헤엄쳐 다닐 수 있는
내 심장이 파닥거릴 수 있는

한 가지만 더 말하겠는데
나를 밟아도 좋지만
내 몸 녹아내릴 때만은 조심해야 해
네가 물에 빠져 죽는 수가 있거든

알았지?

발기하지 않는 남자

붉은 포르세를 탄 여인의 몸이 달구어진다 젖가슴을 풀어헤친 그녀의 분홍 숨결에 남자의 하얀 몸이 녹아내린다 남자의 어머니의 어머니가 또 그 어머니의 어머니를 찾던 시간부터 남자의 몸은 얼음송곳이었다는 전설이다 한때 봄이 오고 겨울이 가도 남자는 발기하고 있었다 여름이 오고 가을이 가도 남자는 푸른 소나무였다는 게다 공장 굴뚝의 시꺼먼 연기가 하나님과 악수하고 냉장고 속의 고등어가 북극의 빙하점을 헤엄치는 사이로 대지는 깨진 유리 찻잔이 되어 간다 고추잠자리의 그림자가 허공에서 정지되어 버렸다 소재 불명의 집주인은 저 스스로 하숙생인 양 부지런히 자위 중이다 거친 숨결 사이로 발기되지 않은 채 구슬땀만 흘리고 있다 막힌 하수구 입구에서 녹아내린 남자의 몸이 산소 호흡기를 찾는다 고래가 아메바가 되기를 소원한다 발기하지 않는 남자, 남자의 혀끝만이 몸서리치게 발기하고 있다

5부

절정

오십 대五十代
맞을 만큼 맞았다

달빛으로 피는 꽃
아직은 지지 않은 꽃

엘리베이터

한 발, 한 발
계단을 오르내리는 이가 없다
현대인은 모두
비상을 꿈꾸는 스파이더맨
오르고 내림이 모두 속도다

땀 흘림이 없는 곳에
모두가 빈손인 건 당연하다

누름쇠만이 홀로 아프다

등나무

한 번도 반듯하게 살아 본 적 없는
한평생 꼬이는 게 정답이다
앞서 가는 손을 붙잡고
뒤쫓아 오는 눈길에 사로잡힌다

오르지 못할 것 알면서도
하늘을 탐하는 저 집요함

뿌리야 다르지만
비로소 하늘에서 하나 되는
얽히고설킨 인연의 덫

사랑이다
그늘 한 움큼만큼의

흙

붉어야 한다
생명의 피를 마셨으면
핏빛으로 붉어야지

붉어야 한다
그렇게 밟혔으면
피멍이라도 들어야지

붉어야 한다
생명을 싹 틔울 거면
실핏줄이 끊어져서는 안 되지

까매지면 안 돼
너무 억울하잖아
봄, 여름, 가을, 겨울
언제나 생명이어야 하는
너는 붉어야 한다

어제오늘

나만이 부를
당신의 이름을 지었습니다
모두가 두드리는 이름일랑
남인 것 같아
혼자 그릴 이름 새겼습니다
그 이름 부를 때마다
당신은 밝아지소서

달님, 열나흘 달님
나뭇잎같이 푸른 나날들
백년토록 일곱 번씩 일흔 번씩만…

사랑

가을 햇살 사이로
전투기 한 대 하강 중이다

지피에스에도 잡히지 않는
코스모스 파는
꽃가게를 찾는다

아무도 매겨 본 적 없는
꽃값은
코스모스의 반값
스스로 매긴 값이다

길 모롱이 저 꽃가게에서는
언제쯤 코스모스를 팔까

세상

남자와 여자가 걸어간다
남자가 고양이와 걸어간다
여자가 강아지와 걸어간다
남자와 남자가 걸어간다
여자가 여자와 걸어간다

남자 혼자 걸어간다
여자 혼자 걸어간다

고양이와 강아지가 걸어간다
고양이가 걸어간다
강아지가 걸어간다

나팔꽃이 나팔을 분다
호박꽃에 열매가 매달려 있지 않다

존엄사

낚시에 매달린
붕어에게만 아가미가 있는 줄 알았다
산소호흡기에 매달린
생명줄 하나
그가 살아온 삶은 존엄했을까
신이 빼앗아 간 마지막 존엄
찾아야 한다

최후의 안간힘

끄윽 끄윽 끄윽
쌔액 쌔액 쌔액

아직 아가미 갖기 전
잘 살아야지

병실을 나선다
존엄생을 다짐한다

잠꼬대

유명 소설 속의 주인공들이
시끌벅적 모이는 시장통에
대낮 잠꼬대 소리가 요란하다

낯선 타인의 도시에서 온
이어질 듯 끊어지는
자음과 알파벳의 마찰음 사이로
무거운, 어쩌면 빈 깡통일 것 같은
강과 바다의 경계선쯤에서
낚아 올린 하늘, 세상이 캄캄하다

그 길을 걸은 적 있다
찰나의 과녁을 뚫고
어제인 듯 십 년 전인 듯
찾아온, 찾아간 그 길

합창

그대는 한여름밤
개구리떼 우는 소리
들어 본 적 있는가

그렇다면
쉿!
조용히 하라
떼 지어 벌이는
법열法悅의 의식을 방해하는 자
불협화음의 뻑사리보다
더 큰 조롱을 받을 터

네가 돌멩이냐

지휘봉 없는 지휘자의 눈빛이
묵언의 악보를 훑는다
합창은 숨죽였을 때
가장 황홀한 함성

길의 약속

낯선 길 위에서
길을 물을 수 있음은
아직 길가의 꽃이 아니기 때문이다
땅끝에 이르러도
길은 제 안에 알을 품고
언제나 침묵한다

걷는 자에게만 대답하는 길은
밟히면서 빛이 나고
눈물을 삼키며 단단해진다
묻지 않고 그냥 걷기만 해도
꿈을 지키겠다는 길의 약속은
언제나 유효하다

길 위에서는 스스로
시효를 만들 이유가 없다

천경天鏡과 상가수上歌手의 시학詩學

김 영 탁(시인·『문학청춘』 주간)

1. 여수麗水 − 여수旅愁 − 여우(狐) − 여인女人 − 사랑

오시영 시인의 『여수』는 등단 14년 만에 태어난 첫 시집이다. 소박하면서도 질박한 감각의 사유를 육화하여 세상의 대상들을 시와 시인의 삶이 하나 되는 아름다운 열매를 이루었다. 이 아름다운 과육은 미당의 시를 이어받을 만한 상가수上歌手로서 기질을 유감없이 보여주고 있다. 1998년 『현대시학』으로 등단한 시인은 그간 교수로서 대학 강단에서 강의와 변호사로서 인권운동 등 다양한 사회적 활동을 해왔다. 참으로 열심히 직업적인 일과 시작詩作을 병행하는 한편 날선 시대정신의 칼럼니스트로서도 맹활약하고 있다. 시인이 시만 써서 생업을 이어가기는 낙타가 바늘구멍으로 들어가는 것처럼 지난한 일이다. 시인도 생활인으로서 일하면서 먹고 살아야 한다. 시인뿐만 아니라 세상 어느 사람도 일과 먹고 사는 문제에서 비켜나갈 수는 없을 것이다. 오시영 시인의 경우, 교수 겸 변호사로서 살아간다는 것과 시를 쓰는 과정에서 시인으로서 늘 현실이라는 거울과 시라는 이상이 길항하였을 것이기에, 그의 시는 다종다양한 모습으로 나타나고 있다. 그의 심상心象은 법이라는 테두리 안에서 치열한 공방을 벌이고 법학자로서 후진을 양성하는 과정에서 법과 문학이라는 이질적 괴리감으로 서로 상충되면서도 더러는 상호작용하는 텍스트가 되어 아름다운 시로 승화한다.

오시영 시인의 시를 바라볼 때, 주자朱子의 '재도설載道說'에 주목하게 된다. 글은 도道를 싣는 것이다(文所以載道也). 이러한 재도설載道說을, 주자는 다음과 같이 풀이했다.

"글이 도를 싣는 바는 수레가 물건을 싣는 바와 같다. 그러므로 수레를 만드는 자는 반드시 그 바퀴와 끌채(輈)를 꾸미는 것이고, 글 짓는 자는 반드시 그 말을 착하게(善) 하는 것이다. 모두 사람이 아껴서(愛) 쓰기를 바라기 위함이다. 그런데 나는 꾸미더라도 남이 쓰지 않는다면 헛된 꾸밈이 되어서 실實에 도움이 없다. 하물며 물건을 싣지 않은 수레와 도道를 싣지 않은 글은 비록 꾸밈을 아름답게 할지라도 또한 무슨 소용이 있겠는가."

주자의 주장에 부합되면서 서정과 낭만의 꽃을 피워내는 이가 바로 오시영 시인이다. 그의 시편들을 읽는 동안 각인되는 이미지는, 우리 전통적인 민속民俗과 유교와

불성의 DNA가 기독교와 조화롭게 화학작용을 일으키면
서 남도의 입담과 낭만이 육화하여 흐드러지게 꽃으로
피어나고 있다는 것이다. 한마디로 말해, 그의 시는 상
당한 영토 위에 스펙트럼을 이루고 있어, 시의 물줄기가
모든 전인미답前人未踏의 길로 흐르고, 그러면서 서로 상
통하여 통하지 않는 게 없는 무불통無不通의 시라 할만하
다는 것이다. 그러므로 오시영 시인의 시를 견인하는 바
퀴와 끌채는 상호균형을 이루며 물이 아래로 흐르듯 착
함을 이루어 사랑에 도달한다. 한편, 그의 시는 꾸밈없
이 소박하면서도 질박하고 유용하다. 시의 본질적인 무
용성無用性에 비추어볼 때 유용함은 시에 대한 적대적 관
계일 수도 있다. 그러나 오시영 시의 내성은 다정다감하
면서도 독자로 하여금 시에 들어가 같이 노는 즐거움을
안겨 준다는 점이다. 독자에게 강제하지 않는, 형식에
얽매이지 않는 자유로움이 주는, 쉬운 느낌이 오히려 강
렬한 흡인력으로 다가온다. 바로 이런 시를 쉽다고 하나
오히려 이렇게 쉬운 시를 쓰기가 얼마나 어려운지 시 쓰
는 이라면 누구나 잘 알 것이다. 그렇다면, 어찌 그의 시
가 유용하지 않을까!

주자는 "글은 밥 먹을 때 입맛이 당기는 것下飯과 같
다."라고 했다. 시집 『여수』가 주는 '입맛'은 시가 당기는
글맛과 입맛이 직방으로 동시에 현현하고 있다.

나그네의 발걸음은 여전히 가을이다 한반도 땅끝마을 여수
는 여행자의 황홀이 숨 쉬는 도시, 토박이의 속정이 우러나는
도시 바다의 시작이라 하지 마라 우슈아이아*에서 출발한 태
평양 파도의 끝마을 이다 마지막 땅에서는 절망이 없다 절망
은 과정에서의 사치일 뿐 끝과 끝이 만나면 봄으로 피어난다
이제는 살 일만 남았다

　　오동도, 종고산, 진남관, 향일암, 돌산대교, 한려수도 뱃길,
다도해 섬, 섬, 섬 돌산 갓김치, 서대회, 장어탕에 눈이 즐겁
고 혀가 감미로운 도시, 심장이 뛰는 도시, 정이 넘쳐나는 도
시, 마지막 열차가 머무는 도시

　　나그네의 발걸음은 아직도 가을이다 인생 여수旅愁의 참맛
을 아는 곳 아이의 웃음소리　깔깔거리는 곳 여수는 언제나
바다를 품는다 사람을 품는다 하늘을 품는다 몽환의 도시 여
수는 오직 하나, 사랑뿐이다

　　　　　　　　　　　　　　　　　　　－「여수麗水」 전문

　여수麗水는 그 자체로 시가 되는 시어이면서 여수라 부
르면 동시에 여수旅愁의 나그네가 떠오른다. 한 사랑의
추억을 불러일으키고 나그네는 한 여인을 기억 저편에
서 불러온다. 여수가 주는 음소의 진동은 '여우狐'를 충
분히 떠올린다. 여우를 뜻하는 방언으로 '야수(문경, 안
동, 청송 등)' '얘수(예천, 안동, 울진, 영양, 상주, 의성 등)'
'여쉬(군산, 정읍 등)' '여시(고령, 상주, 김천, 합천, 거창, 충

무, 전북 군산, 익산, 부안 등)' '예수(예천, 안동, 영덕, 청송, 포항, 경주, 경산 등)' 등이 있다. 정작 여우를 '여수'로 부르는 곳이 많은데(하동, 남해, 거창 등과 충북 전지역, 충남 부여, 예산, 서천 등, 강원도 원성, 전남 여수, 광양, 구례, 돌산, 벌교, 순천, 고흥 등) 한마디로 여수와 여우가 이인동명이라 할 수 있다.

여수의 빼어난 풍광을 묘사하며 맛의 본향으로 자랑할 만한 돌산 갓김치, 서대회, 장어탕은 입에 침을 괴게 한다. 혀의 감미로움과 마음이 주는 황홀은 행복하지만, 인생의 여로에서 갖은 풍상을 겪은 초로의 나그네는 아픈 사랑도 결국 사랑할 수밖에 없다는 걸 알고 있다. 오시영 시인은 그런 아픔을 행간 속에 숨은 그림처럼 숨겨놓고 오직 하나 사랑해야 한다고 한다. 사랑의 아픔과 맛과 멋을 아는 사람만이 향유할 수 있는 건, 다시 사랑이라는 것을. 결국, 「여수麗水」의 행로는 '여수麗水 — 여수旅愁 — 여우(狐) — 여인女人 — 사랑'으로 귀결된다. 말 그대로 여수는 사랑이고 사랑밖에 없다.

2. 명경明鏡 아니, 천경天鏡 하나를 얻다

하늘빛보다 맑은 바다 한려수도 첫 점 여수항에는 청량리
588이나 서울역 앞 양동보다 더 많은 밤꽃이 피던 예쁜 동네
하나 있었다 지금은 사라진 병모가지, 달포 넘게 원양 어선
타다가 폭풍우에 저당 잡혔던 목숨들 찾아와 첫 번째 하는 일

이 바다에서 고래 잡던 솜씨로 가슴에 품을 님 잡으려 그물 치는 일, 요따만한 물고기가 그물에서 퍼덕이듯 사내 가슴에서 퍼덕이는 밤꽃 열매 맺는 일이었으니

구릿빛 우악스러운 바다 사내들도 제정신으로야 차마 못 할 일, 맑은 소주잔에 얼굴 붉히는 하룻밤 임금 잔치는 언제나 주홍등불 아래에서 열리게 마련 그 전설 속 여주인공이 바로 맘보누나였지 태평양 폭풍우조차 무너뜨리지 못한 불굴의 사내들 모두 치마폭에 무릎 꿇게 한 맘보누나는 진정 태산이었지

지금쯤 여든이 다 되어 갈, 열여덟 어린 나이에 병 속에 빠져 서른이 되도록 병모가지를 벗어나지 못한 세월 저편의 맘보누나는 밤새 발가벗었던 몸 뭐 감출 게 있느냐며 온몸 다 드러나도록 착 달라붙는 맘보바지 즐겨 입었드랬었는데 밤꽃 생활 열두 해 동안 단물 빨아 먹은 일벌들 좋이 칠천은 될 거라며 만 명은 채울 거라며 밤꽃살이 십오 년 계획 거창하던 맘보누나, 술 취하면 즐겨 부르던 울 밑에 선 봉선화는 왜 그리 구성졌던지

까까머리, 단발머리 동네 아그들 학교종이 땡땡땡 석양 노을빛 따라 책보따리 어깨춤 걸쳐 매고 깜장 고무신 벗겨지도록 신 나게 달음박질칠 때면 일일이 불러 알사탕 하나씩 쥐어 주던 맘보누나는 동네 아그들 앞에서는 백설공주였지 탈도 많은 요놈의 세상 수십 년이 지났는데도 지금도 어딘가에서 또 다른 맘보누나가 만 명을 채우겠다며 지상낙원을 꿈꾸는

건 아닌지 맘보누나를 스쳐 지나간 그 많은 남정네들 어디서
어떻게 늙어가고 있을까 지금쯤 할아버지 되었을 그네들 맘보
누나를 기억이나 하려나

  어디를 둘러봐도 이제 맘보누나는 없고 스쳐 지나간 만 명
의 남정네도 없네 무심한 세월은 세상 이편에 맘보누나의 멋
진 엉덩이 대신 미스 김의 껌 씹는 소리만 남겨 놓았지 왕사
탕 하나에 세상 다 얻은 듯 좋아하던 그 아이들만 남은 세상
그 친구들도 나처럼 그때 그 맘보누나 잊지 않고 있을까 꿀맛
같던 알사탕 단맛을
                                    – 「맘보누나」 전문

  미당 시의 맥을 받을 줄 아는 오시영 시인은 「맘보누
나」에서 남도 특유의 정서를 녹이면서 삶의 희로애락과
오욕칠정을 알사탕 단맛으로 우려내고 있다. 시집 『여
수』의 1부를 형성하고 있는 시의 정조情調는 미당의 『질마
재 신화』를 상기하면서 질마재 상가수를 아니 떠올릴 수
없게 한다. "질마재 상가수上歌手의 노랫소리는 답답하면
열두 발 상무를 젓고, 따분하면 어깨에 고깔 쓴 중을 세
우고, 또 상여喪輿면 상여喪輿머리에 뙤약볕 같은 놋쇠 요
령 흔들며, 이승과 저승에 뻗쳤습니다."(「상가수上歌手의 소
리」 부분). 오시영 시인은 맘보누나를 위하여, 아득한 세
월 저편에 있는 장삼이사와 갑남을녀를 누구라 할 거 없
이 모조리 불러온다. 마치 열두 발 상무를 젓고 놋쇠 요
령을 흔드는 상가수처럼, 그 거대한 맘모스 같은 인간집

단을 불러오는 것이다.

맘보(mambo)는 라틴 리듬에 재즈의 요소를 가미한 강렬한 리듬의 댄스음악이다. 맘보바지(mambo pants)는 통을 좁게 하여 허리와 다리에 꼭 끼게 만든 1950년대 말에 유행하였던 바지이다. 이 바지는 영화 〈사브리나〉에서 오드리 헵번이 입은 뒤 선풍적인 인기를 얻어, 보통 사브리나 팬츠라고도 부르는데, 맘보바지는 대한민국에서만 부르는 이름이다. 재미있는 건 맘보누나가 사내 만 명을 채운다고 할 때, '만'과 맘보누나의 '맘'은 음소 유사성으로 '만 – 맘 – 맘마(아가, 맘마 먹자) – 마마 – 엄마 – 대지의 여신'으로 만난다.

실질적으로 시인은 죽었는지 살았는지는 몰라도 맘보누나를 스쳐 지나간 만 명의 남정네를 호출한다. 이때 세상의 모든 남자는 호명되면서 소환된다. 이 장면에서 성경의 예수와 간음한 여인이 오버랩된다. 예수의 가르침에 대해서 반격할 틈을 호시탐탐 엿보던 유대교 지도자들이 간음하다가 현장에서 동시 포착된 한 여인을 데리고 왔다. 그들은 예수에게 벼르던 질문을 한다. "선생이여! 모세는 율법에 이러한 여자를 돌로 치라고 명했습니다. 선생은 이 여인에 대해 어떻게 말하겠습니까?"(요한복음 8:5). 그때 예수는 답변을 대신하여 몸을 굽혀 손가락으로 땅에다 글을 썼다. 성경 기록상 그것은 예수의 처음이자 마지막 글 쓰는 장면이다. 그러자 주변의 험악했던 분위기는 차분해지며, 오만한 유대교 지도자들은 당황한다. 땅바닥에 쓴 글의 내용은 기록에 없다. 하지만 중요한 것은 예수의 글 쓰는 동작과 그 후의 "너희 중 죄 없는 사람이 먼저 이 여자에게 돌을 던져."라는 말씀이 그들의 양심과 위선을 깊이 찔렀다는 사실이다. 필자는 개별적으로 예수가 땅바닥에 쓴 글의 내용이 무엇이었을까 늘 궁금했으나, 차라리 그 막막함이 후세에 더 많은 영감을 주지 않았을까. 과장하자면, 오시영 시인의 맘보누나를 통하여 예수가 손가락으로 땅바닥에 쓴 글이 문득 보일지도 모르겠다는 생각이 들었다.

사내들의 외로움과 고독을 달래주고 본능이 부르는 육욕을 위무해주던 맘보누나. 천차만층千差萬層 오만잡놈을 아낌없이 주면서 사랑했던 맘보누나는 만인의 연인이며 대모大母로서 여신으로 등극한다. 화자는 맘보누나를 스쳐 지나간 그 많은 남정네들이 어디서 어떻게 늙어가며, 맘보누나를 기억이나 할까 하며 생각에 잠긴다. 그러니까 맘보누나와 남정네들 모두를 연민으로 바라보는 시선이 바로 미당이 얘기한 "명경明鏡도 이만큼은 특별나고 기름져서 이승 저승에 두루 무성하던 그 노랫소리"와 통한다. 이제 모두 삭정이가 되어 하얀 재만 남은 인간 군상을 담담하면서 안쓰러운 마음으로 진술하는 시인의 시선은 맘보누나가 그랬던 것처럼 모두를 용서하며 껴안는다.

시 「맘보누나」는 한마디로 절창이다. 육덕과 날렵함을 조화롭고 맛있게 말하는 오시영 시인은, 상가수로서 노래 실력을 유감없이 보여줌으로써 서사를 넘어, 명경明鏡 아니, 천경天鏡 하나를 얻는다. 맘보누나의 멋진 엉덩이 대신 왕사탕 하나에 세상 다 얻은 듯 좋아하던 그 아이들만 남은 세상에 이제 알사탕만 남았다. 그것이 거울이다. "왜, 거, 있지 않아, 하늘의 별과 달도 언제나 잘 비치는 우리네 똥오줌 항아리, 비가 오나 눈이 오나 지붕도 앗세 작파해 버린 우리네 그 참 재미있는 똥오줌 항아리, 거길 명경明鏡으로 해" 서로 모두를 비추며 하늘과 땅 몽땅 버무려 단맛 내는 알사탕.

3, 세속에서 천경天鏡 보기

이제 오시영 시인의 천경은 다양한 모습으로 나타나는데, 지상에 발 딛고 선 인간으로서 대상을 직시하고 감싸 안는 풍경은 자못 경이롭다. 그것은 체험에서 우러나오는 질박한 몸을 이루고 있기에 독자로 하여금 시적 진실의 과정을 거쳐 공감의 희열에 도달한다. 다시 애기하면, 그의 시는 시인과 독자가 서로 바라보며 읽고 소통하며 작동하는 체험이면서 상호 교환되는 묘한 평등을 이루고 있다. 왜 그럴까 생각해 보면, 그의 천경은 요모조모 변화무쌍하면서도 특유의 해학과 눙치는 재기로 어떤 시비나 거슬림을 무화시키는 활달함이 작동하고 있기 때문일 것이다.

한편 혹자는 쉬운 시는, 쉽게 써졌기에 그런 게 아닌가

하는 의구심을 가질지도 모른다. 그러나 시를, 쉬운 시를 쓴다는 건 정말이지 지난한 일이다. 동서양을 막론하고 지금까지 살아남아 고전의 반열에 올라간 시들이 얼마나 다양하게 독자들에게 감응을 주는가를 생각하면, 세상에 어려운 시는 없다. 그러므로 어려운 시를 쓴다는 건(의도 하든 의도하지 않든 간에) 어쩌면 그렇게 시작詩作을 하는 시인한테 체질적으로 더 좋을 수도 있다. 어려운 시는 어렵다는 이유로 어려워서 말을 못함으로 그저 자체방어는 되는 셈이라 할 수 있을 터. 까닭에 쉬운 시를 쓴다는 것은 참으로 아슬아슬하고 어렵고 힘이 든다. 어떠한 시라도 각각의 스타일이라고 생각하면 정답은 없다는 게 마땅하지 않을까. 아무튼, 어떠한 시라도 그림으로 풀리는 법이니 시를 읽는데 걱정할 필요는 없다. 오시영 시인의 거울은 누구나 쉽게 다가가서 비춰볼 수 있게 독자로 하여금 명징한 연대감을 이룩한다.

아내는 내 손톱의 오랜 주인이다 어느 날부터 손톱을 깎아 주기 시작했다 한시도 나를 잊지 않는 그녀는 마음이 쪽빛이 다 깎다가 튀어 나간 손톱의 숨바꼭질이야 늘상 있는 일, 그 빛살 한 쪼가리마저 잃지 않으려 돋보기를 돋구는 아내에겐 작은 소원이 하나 있다 내 손톱들로 다보탑을 쌓는 일이다 아무래도 내가 먼저 별이 될 모양이다 그만 버리라고 사정해도 막무가내 아내에게 있어 모으는 것은 세우는 것이고 세우는 것은 바치는 것이다 문고리가 없는 하루하루는 손을 내밀어

여닫을 수 없다 며칠이면 어김없이 자라는 손톱, 사랑의 열쇠
는 언젠가 하늘로 날아오른 빛살 한 줌이라는 것을 아는 사람
이 있다 초사흘 밤하늘 올려다보며 "당신, 저기 떠 있네!" 감
탄하는 내 아내

– 「빛살줍기」 전문

오시영 시인의 손끝에서 자라나는 손톱의 주인은 아내이
다. 그의 아내 마음은 쪽빛이기에 깎은 손톱으로 다보
탑을 쌓는 일이다. 쪽빛이 주는 감동의 무게는 물리적으
로 가벼운 듯하나 하늘까지 올라간다. 과연 손톱으로 다
보탑을 쌓을 수 있다면, 그건 분명히 오래오래 무병장수
를 기원하는 거나 다름없다.

꽃 그림자가 있다. 꽃이 필 때는 지상에 그림자를 드
리우지만, 꽃이 지면 꽃 그림자는 흔적도 없다. 손톱은
마치 얼음이나 눈 같은 존재와 유사하다. 손톱이 자라면
손톱을 깎는 것처럼 눈이 지상에 내려서 쌓이거나 물이
얼어서 얼음이 되더라도 빛살을 받으면, 녹아 사라진다.
손톱이라는 게 사람이 살아 있을 때 자라기도 하지만 죽
어서도 며칠간은 자라는 것처럼 손톱은 마지막 순간조
차도 살아 있음을 뜻한다. 그러므로 길어진 손톱을 깎음
으로써 새 손톱이 자라나는 선순환을 이룬다. 그러는 사
이 아내는 남편의 손톱으로 다보탑을 쌓는다. 아내의 사
랑이 절절한 「빛살줍기」는 '문고리가 없는 하루하루는 손
을 내밀어 여닫을 수 없'다는 대목에서 시의 절정을 이룬

다. 입과 입술의 관계망이라 할 만하다. 그리하여 화자의 천경은 사랑의 열쇠가 되어 하늘로 날아오른 빛살 한 줌으로 완성된다. 그 빛살은 영원성을 내포하며 또다시 사랑을 잉태한다. 초사흘 밤하늘 올려다보며 "당신, 저기 떠 있네!" 감탄하는 화자의 아내는 옛날에 자신의 머리칼로 신을 삼아 남편의 품에 안겨준 아름다운 이야기의 주인공을 연상시키는 가슴 뭉클한 시.

㉮

　언제부터인지 공중전화 박스 옆을 지나칠 때면 호주머니를 뒤지는 습관이 생겼다 그때마다 손에 잡히는 50원짜리 동전이 따스해진다 돈이라고는 한 번도 벌어 본 적 없는 아내가 다른 주민들이 거들떠보지 않는 아파트 꽃밭을 홀로 가꾼 음덕으로 흙에서 캐낸 보물이다 맨땅 판들 어디 돈 나온다더냐 하더니 생길 때도 있네요 평생 처음 번 거니 당신 줄게요 웃으며 건네주던 아내의 모습이 떠오른다 금방이라도 전화를 걸어 영혼의 빛을, 호흡을 느끼고 싶어진다 그러나 50원어치 그대로의 헐값으로 써버리기에는 너무 아까워 공중전화기 옆을 몇 번이고 지나고 말았다 공중전화 한 통화 하는 것이 아내의 전재산을 써야 하는 사랑일 줄이야 어쩌면 나 자신 흙으로 돌아가는 날까지 50원어치의 사랑을 복리로 부풀리면서 지킴돈으로 꼬옥 쥐고 있을지도 모르겠다 동전에서 벼이삭 한 알 토옥 터지며 햇살 가득하다 오십 원…

　　　　　　　　　　　　　　　　　　　　　－「햇빛」 전문

㉯
더럽다고 고개 돌리지 마라

널 살리기 위해
상처가
흘리는 눈물인 것을
몰랐더냐

살리기 위해 죽는
네 몸 안의 예수인 것을
-「고름」 부분

㉮; 돈이라고는 한 번도 벌어 본 적 없는 아내가 어느 날 아파트 꽃밭을 가꾸다가 50원짜리 동전을 캐온다. 아내에겐 보물 같은 50원짜리 동전이 대견하다. 화자는 공중전화기 앞에서 아내의 전재산인 이 동전을 쓰기가 망설여진다. 손안에서 만지작거리는 동전을 생각만 해도 아내의 사랑이 애틋한 촉감으로 느껴진다. 두 사람의 소중한 마음과 검박함이 전이되어 과정이 은근하며 따뜻하다. 결국, 동전은 소비되지 않고 영원히 미수로 그치겠으나 그만큼 사랑은 복리로 불어난다. 시간이 가면 갈수록 불어나는 사랑이라니, 그 영혼의 샘물은 마르지 않고 영원할 거 같아 벅차기만 하다. 아마 화자는 아내에게 줄 향기로운 프리지아꽃 한 아름 사들고 퇴근하지 않

을까. 드디어 작은 사랑 하나 결실을 보는데, 햇살 가득 담은 벼이삭 한 알로 토옥 터진다.

ⓑ; 당신을 살리기 위해 상처는 눈물을 흘리고, 당신을 위해 예수는 십자가에 못 박혀 피 흘리고, 이 모든 게 고름의 존재라는 것. 본능적으로 인간에게는 태초부터 고약한 냄새나 더러운 것을 회피하려는 DNA가 있다. 수많은 시행착오를 통해 몸 자체가 이로운지 해로운지 무의식적으로 알아차리는 것이다. 하여, 몸 스스로 면역력을 갖추고 있어 병균이 침입하면 방어태세가 작동된다. 이러한 자생적인 치료과정에서 병인에 따라 고름이 나오는데, 기실 몸을 살리려고 전투를 하다 죽어간 생명의 잔해들이다. 역설적으로 가족을 위하여 한평생 고생만 하다가 병들어 죽어가는 아버지이며 어머니라 할 수도 있을 터이다. 이러할진대 화자는 살아간다는 자체가 누군가의 희생을 전제로 하고 있음을 겸허하면서도 고결한 시심으로 노래한다. 산다는 건 알지 못하는 보이지 않는 손의 돌봄과 희생을 통하여 존재한다는 것이다. 그리하여 화자의 몸과 인간들을 위하여 십자가에 못 박힌 예수의 보혈과 고름은 동일시되면서 하나가 된다. 당신 안의 예수처럼.

ⓒ
하고픈 말 참을 때
말이 되는

차마 못 할 말 하고서도
또 다른 시작이 되는

사실은 아무것도
마쳐지지 않는
외로운 섬이 되는

-「마침표」 부분

ⓐ

좋은 맛은 네가 다 보고
내게는 왜
세상 때만 남겨 주는 거야

버리는 것도 좋다
제발 불만은 꺼다오
세상에 어찌
눈물 나서 살겠냐

그래도 한때
나도 깨끗했단 말이다

-「재떨이」 부분

ⓓ; 하나의 문장은 마침표가 없으면 계속 지속된다.
물론 경우에 따라 마침표를 쓰지 않아도 하나의 문장이
끝나고, 다시 새로운 문장이 시작되는 것을 인지할 수

있다. 그러나 마침표가 없다면 글쓰기의 노동은 지속할 것이다. 아니 세계는 마침표가 없어도 살아가겠지만, 쉬지 않고 이어지는 문장들의 피로현상 때문에 균열을 면치 못할 것이다. 화자의 시선은 절제와 응축으로 멈출 줄 아는 미덕을 상기시킨다. 그러므로 마침표는 말하지 않음으로 말이 되는 묵언의 완결을 꾀하면서, 새로운 시작을 알리는 이정표 역할을 한다. 마침표의 부동不動은 외로운 섬으로 귀환하지만, 섬에서 머물다 다시 떠나야 하는 나그네처럼 문장은 새롭게 써진다. 그러니까 마칠 때를 알아야 점을 찍고 새로운 문장으로 나갈 수 있다는 건, 신세계를 여는 거라 할 수 있다.

㉱; 흡연자와 비흡연자의 대립관계를 재떨이라는 상관물로 재치 있게 묘사한 작품이다. 인간 삶의 출발에서 누구나 한때는 깨끗한, 때 묻지 않은 무공해적인 근본이 있다. 그러나 삶이 어디 그리 만만하던가? 자신이 원치 않아도 주변에 따라 오염과 공격에 시달릴 수 있고 봉변을 당할 수도 있는 것이 다반사이다. 가해자는 뻔뻔하게 좋은 맛은 다 챙기면서도 불만투성이다. 그러니 제발 당신 일이나 제대로 잘하면 좋은데, 왜 날 눈물 나게 하는가 하고 재떨이는 항변한다. 이 시는 단순한 듯하지만, 화자는 복화술사처럼 세상의 모든 가해자의 불만과 민폐를 암묵적으로 불[火]로 표출하면서 피해자까지 양쪽의 동시음성을 획득한다.

(마)

　열아홉 살부터 써 온 안경을 다초점렌즈로 바꾸었다 지천명을 지나 몇 해 만이다 수십 년 동안 하나의 초점으로 바라본 세상은 언제나 하나였다 직선이었다 잔물결은 노래였다 아프지 않았다 둑을 넘지도 않았다 다초점렌즈 속으로 들어오는 소리는 제각각이다 한쪽이 투명해지면 다른 쪽이 뿌옇다 언제나 겨울 속 아지랑이다 보이는 것마다 자기의 방을 가지고 있다 고독은 창문 너머를 알지 못한다 생각을 펴든다 코끝 저 멀리 지평선이 그늘로 얼룩진다 모든 길이 천 갈래 만 갈래이다 하나도 제대로 보이지 않는데 보이는 게 너무 많다

－「다초점렌즈」 전문

(바)

유령이 묻는다
여기가 에덴인가요
사람이 천국을 만들다니
참 신기하네요
사람과 뱀과 악어가 뒤엉킨다

언제나 새벽에 해가 지는 곳
의자가 없다
저 행렬의 끝에서
파랑새 한 마리
굶어 죽어 가고 있다

－「워킹 스트리트」 부분

㉺; 다초점렌즈는 눈의 곡선 비율에 따라 입체적 설계를 시도하여 돋보기 부위의 경계가 없다. 도수의 변화가 렌즈 위와 아래에 이르기까지 점진적이어서 먼 거리와 중간거리, 가까운 거리를 자연스럽고 안정되게 볼 수 있게 해주는 최첨단 안경렌즈라 할 수 있다. 지천명을 지나 몇 해 만에 다초점렌즈로 바꾼 화자가 바라본 세상은 제각각이다. 오히려 하나의 초점으로 바라본 세상은 일직선이었으나 다초점은 빛과 그림자처럼 제각각이다. 그러므로 벽이 생겨나 선택된 각도만이 유일하여 배타적이라 할 수 있을 터. 그래서 고독은 밀물처럼 파도친다. 문명의 이기가 선사한 선물은 오히려 혼란스럽고 요란하다. 결국, 오른쪽 창이 왼쪽 창을 모르듯 혼자라는 고독에 묶인다. 하여 길은 천 갈래 만 갈래 생겨났으나 제대로 보이지 않는데 보이는 게 너무 많다고 한다. 첨단이 야기한 복잡다단한 인재人災이며 식자우환識字憂患이라는 말처럼 너무 과잉되는 정보의 홍수 속에 오히려 인간은 고독해질 뿐이다. 그러기에 단순 소박해질 필요가 있다. 시각의 물리적인 차원을 떠나 이 시는 개인과 사회라는 그물망과 정보홍수시대에 경종을 울리고 있는 것이다. 단순함(직선)에 대한 절실함을 역설적으로 오시영 시인은 '보지 못하면서 보이는 게 너무 많다'고 한다.

㉻; 워킹 스트리트는 태국 파타야 환락의 거리로써 새벽까지 불야성을 이룬다. 에덴이 암시하는 건 천국과 지옥의 양면성이다. 에덴은 약속의 땅이지만 유혹하는 뱀

도 거기에 있었다. 다시 돌아갈 수 없는 곳이기에 인간
은 지상에서 에덴을 만든다. 가짜 에덴이다. 사람과 뱀
과 악어가 뒤엉킨 곳을 보고 '여기가 에덴인가'라고 지
상의 유령이 묻는다. 의자라는 쉼표조차 없어 휴식도 없
고 마침표는 아예 없는 곳. 환락의 미궁을 쫓는 인간군
상은 그야말로 부나비나 다름없을 터. 그 부나비 행렬의
끝에서 마지막 희망인, 에덴으로 돌아갈 길을 아는 파랑
새가 죽음을 맞이하고 있다. 그것도 환락의 풍요로움 속
에서 굶어 죽는다는 건 인간종말을 예고하는 것이다. 이
작품은 그로테스크하면서도 암울한 풍경을 천경(파랑새)
에 새기고 있다.

㉮㉯㉰㉱㉲㉳의 시를 통해서 천경을 찾아보았다. 「빛
살줄기」에서 사랑의 열쇠가 되어 하늘로 날아오른 빛살
한 줌으로 완성되는 천경을 목도했다. 가슴 뭉클한 그
빛살은 영원한 사랑을 예감한다. 시 「햇빛」은 햇살 가득
담은 사랑의 결실인 벼이삭 한 알이 천경이 된다. 그 작
은 사랑은 벼이삭 하나하나가 모여 살뜰한 밥이 애틋한
사랑의 고봉밥이 될 것이다. 「고름」의 존재는 희생을 전
제로 한다. 오시영 시인은 그 희생을 고결한 시심으로
녹여 고름으로 천경을 이룬다. 인간을 위하여 십자가에
못 박힌 예수의 보혈과 고름을 동일시하는 완성도 높은
이 시는 기독교의 삼위일체 정신이 잘 육화되어 있다.
시 「마침표」의 마침표는 부동不動함으로써 신세계의 장을
열 수 있는 실마리가 된다. 무언을 통하여 말하는 외로

운 섬으로 귀환하지만, 섬을 떠나면서 문장은 새롭게 써지며 삶은 새롭게 시작된다. 바로 마침표가 천경 아닌가! 시「재떨이」는 피해자인 재떨이 자체가 천경을 이루는데 그 매개로 가해자와 피해자를 넘나드는 탁월한 복화술이 존재한다. 오시영 시인의 바로 이러한 양가의식은 대상을 수평적이고 객관적으로 바라보는 평등한 시선이 있기에 가능한 일이다. 그러므로 믿지 않게 모두의 지지를 얻는 건 물론, 양가성을 획득한 시는 더욱더 확장된다.「다초점렌즈」는 첨예한 것만이 능사가 아니라는 걸 직선의 천경과 너무 많은 길의 천경을 대비하며 잘 보여주고 있다. 단순한 직선을 보여주는 안경이라는 게 우직해 보일 수 있지만, 잘 정리된 명쾌함이 주는 효과는 복잡한 미로를 찾는 다초점렌즈보다 더 좋을 수도 있다. 문명의 이기와 정보홍수시대를 겪으며 곰곰이 생각해볼 대목이 아닐 수 없을 터이다. 한편, 노안으로 다초점렌즈를 낄 수밖에 없는 자가 다양한 세상의 모든 길을 수용하며 제 삶으로 받아들이는 자세는 엄숙하기도 하다.「워킹 스트리트」가 맞이하는 시간적 환경은 인간종말을 암시하는 오래된 미래이다. 에덴으로 안내할 길잡이이자 천경인 파랑새의 죽음을 통하여 이제 인간에게 남은 건 유령과 함께 하는 시간밖에 없음을 경고한다. 암울한 풍경을 그로테스크하게 묘사하는 장면은 섬뜩하면서도 압권이다.

상가수 오시영 시인의 천경은 형태적으로 원형에 가까

우나 더러는 다양한 모습으로 나타나기도 한다. 그의 천경은 늘 자신이 쇠북이 되면서 종지기까지 되어 세상이 맑아지도록 종을 친다. 그 내면의 울림은 단순 소박하고 맑고 밝아서 눈부시기도 하고 애틋한 사랑을 목도 한다. 하여, 천경의 출현으로 독자들은 자신의 모습을 저항 없이 거울에 비춰볼 수도 있고, 다시 몸과 마음의 매무새를 다독거리며 마침표와 쉼표를 찍으며 신세계로 나아갈 수 있을 것이다.

한편, 오시영 시인의 천경을 이룩한 연원淵源의 뿌리 같은, 미세하나 천경의 자양분이 된 시가 「기도」가 아닐까 한다. 예수가 제자들의 발을 씻겨주었듯이 그도 어릴 적 어머니로부터 세족식을 거치면서, 종교의 비의를 떠나서 어머니로부터 세례를 받았다. 그는 어머니의 꽃이었던 어린 발을 또렷이 잊지 않고 이제는 자신 아들의 발을 씻고 있는 것이다.

> 어머니는 어릴 적
> 제 발을 자주 씻겨 주셨지요
> 이 발로는 나쁜 곳 가지 말아야지
> 간구하던 머리맡 새벽기도는
> 차마 눈뜨지 못하던 사랑이었지요
>
> 이제는 제 발을 스스로 씻습니다
> 오랫동안 어머니의 꽃이었던 발

그 발이 모진 바람숲을
무던히 헤쳐 왔음을
두 손 모으며 깨닫습니다

하루하루 여백길 걷고 나서
까칠하게 굳어 가는 발뒤꿈치가
꿈틀거립니다

이제는 제가 제 아들의 발을 씻으며
기도해야 할까 봅니다

이 발로는 나쁜 곳 가지 않게 해 주소서

— 「기도」 전문

4. 시인의 길, 그리고 길의 약속

오시영 시인의 시를 이루고 있는 빛나는 오로라는, 그의 정신관이나 세계관에 크나큰 영향을 주고 있는 기독교 안에 우리 전통적인 민속民俗과 유교와 불성의 DNA가 조화롭게 육화되어 흐르고 있다는 점이다. 거기에 더하여 그의 기질적인 남도의 입담과 낭만이 흐드러지게 꽃 피우고 있다는 것이다. 상가수로서 유감없이 이쪽저쪽 할 거 없이 모두를 따뜻하게 매만지며 감싸 안는 소리는 드디어 한 소식에 도달하여 천경으로 세상을 비춘다. 그의 천경에 비치는 대상들은 어김없이 속을 드러내며 삶의 비의와 비경마저 안복眼福 있는 독자로 하여금 시 읽기의 즐거움과 행복으로 충만해진다. 물론 그의 천경에 비치는 대상들이 늘 행복하거나 즐거운 것만은 아니라 할지라도 다사다난한 과정을 거쳐 궁극엔 상가수의 소리에 도취할 수밖에 없게 한다.

　그의 시안詩眼은 늘 낮은 자리에서 대상을 바라보며 소신공양("살코기 속의 피를 뽑는다/ 그건 성인聖人의 헌신/ 마알간 물로 속살을 우리며/ 제 몸 내놓는다// 아버지 땀만큼의 진간장/ 거기에다 받지 말라며/ 어머니 눈물만큼의 물을 부어/ 강장에 좋으라고/ 마늘도 다져 넣고/ 질투처럼 톡 쏘는 생강 뿌리로/ 향내까지 더한다"「소신공양」 부분)의 정신으로 세계와 연대하고 있다. 이는 특출한 시심이며 자기희생으로 오히려 낮은 자리에서 세상을 천경에 담아 제대로 재배치함으로써, 그래도 세상은 희망도 있고 아름다움도 있고 행복해질 수 있다는 믿음을 활짝 열어놓았다. 시집 『여수』를 읽는다는 것은 세상은 살아볼 만하고 행복하게 살아야 한다는, 무시무종無始無終 간에 간혹 잊고 있었던 그것들을 상기시킨다. 그러므로 상가수의 소리에 귀를 기울이며 그 복음福音("구원자가 저기 있다/ 세상의 소금이 되려면/ 이 정도 짜야 한다고// 사해는 생명의 바다/ 아무도 빠져 죽지 않는다/ 지구에서 가장 낮은 땅이다// 저 멀리 예수/ 아주 저 멀리 예수"「사해死海」 부분)에 차라리 복무하고 싶은 유혹이 밀려온다. 다분히 과장일 수도 있으나 시집 『여수』를 읽는 사람은 행복해질 거라 믿는다.

독자여! 이 시집을 읽는 동안 어쩌면 잊었던, 저 기억과 추억의 편린들이 다시 호출되면서 당신도 행복해지고 있지 않은가? 이 시집을 게으르게, 아니 느리게 천천히 읽어보시길. 당신도 천경을 얻을지 모를 일이다.

오시영 시인의 시집 『여수』는 적지 않은 오랜 세월을 견디며 태어난 시집이다. 소박하면서도 질박한 감각의 사유를 육화하여 세상의 대상들을 시인의 삶과 언어로 묶어 하나 되는 아름다운 열매를 이루었다. 이 아름다운 과육들이라니! 한편, 그의 다양다종한 시의 스펙트럼은 천경에 포섭되어 드디어 어떠한 대상물이라도 거느리지 않는 게 없을 정도다. 그만큼 그의 시와 사람이 넓고 깊어 앞으로 그의 시가 가야 할 방향을 가늠하기 쉽지는 않다. 하지만 어떤 방향이 설정되어 시를 쓴다는 것도 무의미한 일이고 그럴 필요도 없을 것이다.

그러나 그의 시를 읽으면서 앞으로 태어날 시에 대한 기대와 또 하나의 감동과 행복의 천경으로 인도해줄 거라는 기대감으로 가슴 설레일 수밖에 없을 터, "세상이 무어라 해도/ 나는 나의 눈을 가질 거야/ 내게 소리로 오는/ 향기로 오는// 너를 제대로 알아보는/ 나만의 눈을" (「돗단배」 전문). 이 시를 보면 앞으로 선보일 새로운 시들이 눈을 또록또록 뜨면서 발효하고 있다는 예감이 든다. 앞으로 나아가야 할 오시영 시인의 시의 도정엔, 소리와 향기로 직시하며 밟히면서 빛이 나고, 눈물을 삼키며 단

단해질, 시인의 영성이 시와 함께 선연하다. 하여, 천경
을 가진 그가 꿈꾸는 동안 세상은 행복해질 거라는 믿음
은, 저 무량대수의 시공간 속에서 언제나 함께할 것이다.

낯선 길 위에서
길을 물을 수 있음은
아직 길가의 꽃이 아니기 때문이다
땅끝에 이르러도
길은 제 안에 알을 품고
언제나 침묵한다

걷는 자에게만 대답하는 길은
밟히면서 빛이 나고
눈물을 삼키며 단단해진다
묻지 않고 그냥 걷기만 해도
꿈을 지키겠다는 길의 약속은
언제나 유효하다

길 위에서는 스스로
시효를 만들 이유가 없다

－「길의 약속」 전문